歌集

顔あげて

Furukawa Youko
古川陽子

六花書林

顔あげて　＊　目次

顔あげて

母、百二歳

百一歳要介護五のわが母はプライド高く襁褓を拒む

「わたしよりしみがないね」と言へば笑む百一歳と十ヶ月の母

声出してわが短歌《うた》読めば「新聞さ載つたのが」母はいふなり

うはごとの途切れぬ母のかたはらに新聞ひろげ友の短歌《うた》読む

母の手がひとりひとりの顔を撫づ尋常小学校の卒業写真

三十一キロの母の体をからうじて抱へる力のありてよろこぶ

新潟の瀬名見の浜に母とわれ夏の夕日を見しことありき

いろの無き木立のなかに咲く梅よ母に百二回目の春来たり

ユリノキの枝のぎくしやくやはらげり二月尽日あかるむ空に

「白鳥だ」だれかの叫ぶ声のしてバス待つ列は春空見上ぐ

わが口に猫が顔よせにほひ嗅ぐ大福餅は好まぬらしい

電車に乗って

幾とせを植ゑしままなるチューリップ葉ばかりひらく舌出すごとく

胸張りて庭ゆく鳩よわが蒔きし二十粒の豆喰ひしは汝《なれ》か

さるすべりの濡るる木肌のなにがなしいたいたしけれみぞれ降る朝

なんとなく電車に乗らむと駅に来て券売機の前に佇みてをり

春山の蔵王連山眺めつつ白石の町を電車によぎる

白石に桜小路の町はあり十五歳《じふご》のわれの淡きはつこひ

花占ひの「好き」で終はつたとほい日よ風のうはさの君はすこやか

終点と告げる列車を降り立てば福島の空に春の雲浮く

福島の路上で署名ひとつして阿武隈川のほとりを歩む

物言ひのやさしきバスの運転手だれもが頭を下げて降りゆく

ケイタイの留守電に残る亡き友の声がわれ呼ぶいくたびも呼ぶ

約束を果たすことなく友は逝き「西行戻しの松公園」さくら咲く

春浅き宇霊羅山は岩肌のあらはに見えてやまざくらしろし

草むらにうすむらさきの桐の花ひとつひろひぬ盃ほどの

初孫の生れし友より一度だけ自慢させてと写メールとどく

顔あげて

ふたつみつ五月の雲を串刺しに飛行機雲の伸びてゆく空

道端にべにいろ和紙の花ひとつ子供神輿の声とほざかる

長《をさ》の兄に手を引かれゆく夏祭りぬり絵欲しかりし五歳のわれは

セルロイドの赤い髪飾り握りしめ五歳のわれが叱られてゐる

をさなき日熱あるわれの枕辺に父の手打ちのうどん置かれき

福引の柱時計を背にくくり中三の兄帰り来たりき

薪を割る父がしばしばつまみ出し炙りてくれし幼虫ありき

バター色のシロスジカミキリの幼虫は香ばしかりき　菓子知らぬころ

ふるさとの夏は懐かし湧水に葉付き桃の実浮かべてありき

インド林檎のいつつを下げて父は来ぬ初めての子を産みし朝に

父の好みし錦宝窯の湯のみ碗　春蘭ひとつ描かれをりて

顔あげて雨に打たるる山法師　父の愛した花が咲いてる

ゆうるりと黒アゲハひとつあらはれて苦瓜の花をめぐりゆきたり

九歳の兄

乳飲み子のわれを背負ひて引揚げし九歳の兄は母の戦友

四歳の引揚げの記憶「忘れた」と姉の沈黙いつまでも深し

猫の仔を川に流せず「根性なし」と父に叱られしわが弟よ

半球の琥珀のごとく透きとほる猫の目玉はなにを見てゐる

羽化したる髭ながき虫よろけつつ草の葉の上《へ》にいま立たむとす

老眼鏡に拡大鏡をかさね見る六本の脚踏ん張る虫を

わが庭に羽化せし虫の名を問へば「アシグロツユムシ」昆虫図鑑に

つかの間の車のとぎれに鴉きて轢かれし犬の毛を銜へたり

蟷螂がわれは恐ろしその腹にハリガネムシの棲むと思へば

ああけふは１５５ミリ榴弾砲　王城寺原の演習の音

キクイモの黄の花しめる土手のうへ貨物列車が風曳いてくる

道端のエノコログサの穂も実る子雀ふたつ見えかくれして

ひつじ雲そらをうづめて果てもなしことしの夏にさよならを言ふ

りんご売り

福島のりんご売りくる水曜日　空《から》のリュックを背負ひ出でゆく

屋根越えてゆたけき湯気の昇る見ゆ「中川製餡所」霜月の朝

とびきりの秋晴れの空　石を投げたら音がしさうだ

ダンプカーの窓より出たる軍足のふたつ足裏に秋の日そそぐ

ゆりの樹の影が大通りを渡りたり秋のひざしの日ごとに伸びて

ほつこりと蒸しパンのごとき茸がふたつ小楢林の切り株の上《へ》に

笹やぶの奥の枯木に木通がひとつからつぽの口あけて秋天

あといくつわたしに秋が来るだらうもみぢもみぢの林にひとり

船形山の山毛欅の根方に忘れ来しめがね黄葉の下に眠らむ

ブルーベリー摘む指先を口元にときどきはこぶ少女六歳

一本のブルーベリーの豊かさよ五百グラムのジャムとなりたり

母の留袖

真夜中の携帯電話そんなにも青くふるへてわたしを呼ぶな

草の葉のごときうすさに横たはる母に呼びかく目覚めぬ母に

こよひすら知れぬいのちのわが母よ白髪撫づるほかにすべなく

死にたいといくども言ひてゐし母のしあはせ思ふおもへどかなし

「おばあちゃん」と棺に伏して姪哭けり本当に母は逝ってしまった

仏壇の引き出しにある補聴器よもうわが声を母に届けず

ブラウスを紅く染めては叱られき下校途中に桑の実食べて

病院の予約時間はとうに過ぎ本を持たずに来しこと悔む

はつなつの並木の青葉をひるがへし風わたり来るあれはわが母

嫁ぎ行く娘のために誂へし母の留袖かたみにもらふ

母のゐぬ夏

すずらん峠を越えて蔵王をまなかひにしばしやすらふ　ふるさと近し

もぢずりにもんしろ蝶がひとつ来て帆掛けしごとく羽をとぢたり

照り梅雨で夏野菜まだ育たぬと詫びる媼の小屋掛けの店

ふるさとの庭は犬猫鶏羊牛の鳴く声聞こえてしづか

蛍棲む峡の木道暮れかかりトリアシショウマの花ほのしろし

やまゆりの花ひらきたる夕庭に鈴振るごときひぐらしの声

遠花火音なくあがるを見てゐたりこの世に母のもうゐない夏

母のゐぬ日々も日常となりゆくか山百合は咲き山百合は散る

六歳がわが家の猫に威嚇され「ばあばんちにはもうこないよ」といふ

昼休み中島敦の『河馬』を読む青空文庫ありがたきかな

内科歯科整形外科とめぐる日々火曜金曜早退します

あらぬ方に嗽の水がとび出たり抜歯の麻酔に口痺れゐて

スーパーにカット西瓜を購ひてふたりの家に帰るゆふぐれ

地獄ゆき

おはやうと言へば「オハヨー」と返事するわたしのねこは猫の言葉で

わが肩越しに空間ひたと見つめをり猫には見えるなにかゐるらし

赤札のチューリップ球根二十個を師走の庭に埋めてみたり

ずいぶんと歳をとつたねわたしたち猫とやすらふ小春日の午後

みっつばかりの用足しに出てまたひとつ忘れて帰る山茶花の道

八本目のメタセコイアの天辺に寒鴉ひとつ読点のごと

ながながと伸びひとつしてうらがへり冬の日向に背をこする猫

ヒヨドリが怖いわが猫わが猫が怖いヒヨドリ　庭さわがしき

ほらそこと君の指さす雪虫のひとつたゆたふ極月二日

願ひごと思ひつかずに星流れ人生なんてあっといふ間だ

冬の蛾を握りつぶしし瞬間にわが地獄ゆき決まりたるかも

飲みすぎを互ひの妻に叱られて年越しの夜を父と子眠る

同級会

十五歳より五十八年目の同級会「あんだだれや」と聞かれて聞いて

同級生二十三名は黙禱す　十六名の鬼籍の友に

よくしやべる翁におどろく無口なりしクラスメートの君とおもへず

同級会の夜は更けつつせいこちやんに「トトロ」の折り方教へてもらふ

同級会楽しかりけり老いわれら呼び捨てられて呼び捨てにして

ＤＤＴありひまし油のあり小学校一年生のわが思ひ出に

アカマツの大き切り株にほひ立ち眼鏡とりだし年輪かぞふ

ミズナラの若葉が占めるはずだつた空を見あげる切り株の上《へ》に

二十個のチューリップ球根芽を出して三十八個の花咲くふしぎ

「ごはんですよ早く大きくなってね」と七歳の子が花に水やる

「買ったけど似合はないの」と嫁のメモ赤いカーディガン卓上にあり

丸森町の昔ばなしを語り継ぐ従姉のせっちゃん八十八歳

乗る人も降りる人も無き山間の無人駅「兜」に一分を待つ

空の彼方に

炎天の庭に七つの花咲かすカサブランカよ泉のごとし

草原を知らずに逝きしわがうさぎ茶の間の床のあまた掻き傷

しまちゃんと呼べばひよんひよん腰高にわたしのそばに寄り来しうさぎ

アパートの外階段に腰掛けて花を見たりき泰山木の

「きんぎょーきんぎょー」金魚売り来しあの町恋ほしいろはもみぢのいろづくころは

アオダモの花咲く五月に逝きし母　クリームソーダが好きだつた母

縁台に残りごはんを撒きをりき雀よ母をおぼえてゐるか

一本の桃の木庭にありしこと桃の葉そよぐ家ありしこと

過ぎゆきし日々のあるべし夏雲のかがやき渡る空の彼方に

ゴーヤの実七つ下がりて夏ふかしカッコーの声聞かぬこのなつ

七歳と小学校の校庭に夏のをはりの花火を見たり

ノリウツギとサビタは同じこんなにも長く生きても知らぬことばかり

半纏木の並木の間にのぼる月　さうだゆっくり行けばよいのだ

しっかり潰す

八歳の鬼に追はれて全力疾走七十四歳夕焼け小焼け

落ち葉掃く若者たちのワイシャツの袖まくりしろし晩翠通り

定禅寺通りゆけばなつかしパソコンの職業訓練受けし日ありき

「来ましたよ」白杖の人に声かける欅もみぢの降るバス停で

草をひくわれにまつはる紋白蝶　母逝きてはやよつきとなりぬ

枝折戸の向かうにコスモス咲く見えて母が待つてるやうな気がする

つぶしたる羽虫の羽がまだうごくごめんなさいねとしつかり潰す

わかき日は飛ぶやうに過ぎ秋の夜ナターシャ・グジーの鳥の歌聴く

象の字をじつと見つめてゐるうちにマンモス一頭顕つ秋の夜

十一月二十三日　二階の窓に初雪かぶる泉ヶ岳見ゆ

展示品の繕ひ二か所あるコート斎藤茂吉にはかに親し

新聞のクロスワードを孫と解く冬の半日たちまち暮れて

冬庭のしだれざくらの影うすし灯油売るこゑとほく聞こえて

ハンドルをにぎる両手のつめたさに手袋はめる十二月六日

あれもこれも春が来たらの先送り七十四歳《ななじふよん》にも春来るとして

小鬼田平子

ホームでも妻は笑顔でをりますと夫なる人より賀状いただく

元日の手持ちぶさたに自撮りせり七十五歳と十日の顔を

元日を森の祠にひとり来てよき年なれとしばし祈れる

鳶ひとつみぎにひだりに傾ぎつつ螺旋を描く冬晴れの空

初売りのチラシ捲るもなにひとつ欲しきもの無しさびしきものよ

こんな日があってよいのか撮りおきし二時間ドラマを三本も見る

はつ春の厨のかごに芽を出した一角獣のやうなジャガイモ

琉球の玻璃のグラスに芹の根が芽吹きそめたり正月六日

コオニタビラコさがしにゆかな七草の仏の座なる小鬼田平子

玄関の床に落ちゐる南天の朱の実ふたつ　七草の朝

裏庭にはやも出でたるふきのたう正月八日の雨に洗はる

「馬頭観世音北風号」の碑《いしぶみ》が団地のはづれに苔むし立てる

差出人の名無き賀状の一枚に切手シートが当たりてゐたり

父の口上

節分に豆撒くことも無くなりぬ夫とわれとのふたりの暮らし

「天照大神様にあげたてまつる」父の口上聞こゆる二月

青かびの生えし豆餅捨てがたく食べてしまひぬひとりの昼に

消しゴムで「パパ」が消されて「お父さん」と九歳の児が作文直す

編みかけのセーターひろげ嫁が問ふ教へることのありてうれしき

わが膝に眠れる猫が野をわたる風のやうなる寝息をたてる

自動ドア開いて閉ぢてコンビニをおでん下げたる人出でてゆく

次の兄とふたり暮らしし十六《じふろく》歳の小岩の町の間借りの部屋よ

初めての給料で買ひし腕時計　御徒町駅裏割賦の店に

十回払ひで買ひし時計のネジ巻くは十五歳《じふご》のわれの楽しみなりき

おほぶりの金の腕時計父のもの父亡きのちを母が持ちゐき

むかしむかしひとつの茶箱購ひき五百円にて染井銀座に

善光寺の門前町に住むといふ少女のころの友のとよちゃん

大原麗子の声持つ友を善光寺の門前町にたづねむいつか

「死んだらさ、いつしよに蜻蛉にならうね」とささそひてくるる友われにをり

本読む少女

春あかね猫はこたつの中にをり足の親指噛まれてしまふ

われに残る春またひとつひらかれて咲くまんさくの花のたふとし

木蓮の銀のつぼみの手ざはりは父のかぶりしあの冬帽子

白鳥の七羽の群れが北へ発ち春の水面はきらめきやまず

春のベンチに本読む少女まんさくの花咲く下の長きまつげよ

地下鉄の旭ヶ丘駅は森見えて画眉鳥の声ときに聞こえ来

わが車せまりゐること気にもせず「スキップスキップ」鴉が渡る

マッチ棒二本載せむととほき日にまつげの長さ姉と競ひき

つれだちて旅に出たらし姉と義姉　石垣島よりメールはきたる

小遣ひを使ふは楽しと九歳の少女の買ひ来し小松菜の種

春先の雨が夜更けの屋根を打つひたひたひたと誰か来るごと

金婚

飛行機嫌ひ留守番嫌ひのわが夫　共に暮らして金婚迎ふ

「飛行機か留守番するかの二択です」夫はしぶしぶ飛行機選ぶ

機窓より宮古島見ゆ葉たばこの花の咲き初むうりずんの島

ジャコウ蝶、琉球アサギマダラ、オオゴマダラ珊瑚の海に続く道辺に

カラコロと小石ころげて石垣に蛇這ひいづる春となりたり

宮古島の「黄色宝貝」金運にめぐまれるらしスマホに下げる

三十四年庭に咲きつぐ白薔薇よ五本の支柱にささへられつつ

カキツバタ菩提寺の庭に咲きそろひ一族集ふ母の忌日に

母の部屋の棚に置かれしボール箱「入院セット」と書かれてありき

扇風機正面に据ゑ夫とわれ一時休戦スイカを食べる

ふるさとに川ふたつあり澄川にも濁川にもほたるとぶころ

北国に花は咲かねど月桃のふかきみどりの葉をいとほしむ

菩薩半跏像

谷向かうの大門磨崖仏よく見えずもみぢ若葉の枝しげくして

中宮寺の砂紋浄らな朝の庭　菩薩半跏像にいましまみえむ

尼寺の五月の庭に菴羅樹の実のふとりつつ青葉そよげる

四万七千三百六歩の旅終へて五月尽日仙台は雨

朝ドラの本田博太郎真に迫りわれは味噌汁に涙を零す

テレビより「若鷲の歌」流れ来て罪と言ふことふと思ひたり

喘ぎつつ自転車をこぐ火野正平　北海道は空まで広し

なにゆゑか大泥棒と知りつつも雲霧仁左衛門にわれは味方す

ドアノブについた指紋をつと拭けり二時間ドラマひとつ見し後

ひさびさに鉛筆握れば背すぢ伸ぶ国勢調査の記入をせむと

うつかりとエッセイ講座を申し込み千二百字がわれを悩ます

高校に図書室ありてうれしかりき次々借り来て寝るを惜しみき

しづかなる老後来たればいまいち度『月と六ペンス』読まむとおもふ

峡南衛生組合火葬場

いつの日もふとん日に干し待ちくれし夫の里の義姉逝く知らせ

「はやて」「かいじ」と乗り継ぎ急ぐ山梨県南巨摩郡身延町まで

富士川のほとりの森に抱かれて峡南衛生組合火葬場はあり

嫁ぎし日小学生でありし姪　葬りの席にひ孫をいだく

老いてなほわれに許せぬ友ひとりわれを許さぬ友ふたりをり

すこしだけいびつなれどもこの南瓜一・八ｋｇの夏が詰まれる

遠雷に怯ゆる猫が唸りつつ毛を逆立てて押し入れにはひる

病院の待合室の窓に見るマンション三棟なつ空すこし

「三十年は大丈夫」などと言ひながら堀田先生聴診器当つ

湧き出づる水のごとくに蟬が鳴き唐松林に秋の風吹く

仰向けに寝てをりし猫ふるふると手足うごかすいづこ駆けるや

ろろろろとこほろぎ鳴けり洪水の丸森町の従姉よいかに

コロナの日々

コンビニに五百円にてもとめたる折りたたみ傘の軽きよろしさ

買ひ置きのマスクはあれど不覚にもトイレットペーパー残るはふたつ

ウォシュレットがあるさ夫よ気を揉むな襤褸布だつてこんなにもある

電鋸の音のとだえし静けさに山ゆるがせて樹は倒れたり

けものみち辿りて深き春の森「青葉の笛」の吟詠聞こゆ

崖の途中に幾十年を耐へきたるけやきに黄色のテープ巻かれつ

咳き込めばコロナかと問ふ同僚に十年前からコロナと応ふ

外出を控へてけふはなにせむか二階の窓より山眺めつつ

さくら咲く夕べのニュースが大林宣彦監督この世去りしと

ふくよかなりし面影のなく衰へし大林宣彦監督をテレビは映す

繋ぎたる犬蹴る男をわれ見たりこの憤りなんとしようか

朴の木陰に

賽の目の豆腐と間引きの小松菜ととろりと旨しけさの味噌汁

となり町のへうたん沼にあると聞き栴檀の木をけふは見にゆく

枯れしかとあふぐ梢の先端にはつか芽吹ける栴檀の木は

コロナ禍の中にも変はらず届きたる「短歌人」五月号心して読む

母の日にテイクアウトの寿司を食ぶ二人息子の母なるわれは

船形山の山毛欅の芽吹きを見にゆくことも叶はずコロナの春は暮れゆく

咳止めのリン酸コデインめぐる身は心しづかにバスに乗りたり

ひよつこりと藪より狸あらはれて「あ」と見つめ合ふ朴の木陰に

仲間だとおもはれたのよと皆わらふ狸に会つたはなしをすれば

左足が降りてないのに思ひきりドアを閉めたり車のドアを

後悔を数へつつ寝る夜もある七十五年生きて来たれば

十年前は

十年前はここに小さな街ありき郵便局に切手買ひにき

駐在所も米屋も酒屋も記されて蒲生字町　むかしの地図に

夕映えて満ち来る水を見てゐたり　福田大橋海まで十キロ

あの夜の星のきらめき重ね見るはるなつあきふゆ夜空あふげば

ボランティアがけふは休みと閑上に連凧あげる若者をりき

エダマメの種を買はむと言ふわれにはじめから枝豆買へと言ふ人

ヤマナラシの三十数本のすくと立つ林に出でぬ芽吹く林に

崖崩れて四阿の屋根に倒れたる古木のさくら這ふごとく咲く

徐行せし東北本線の窓あけて一目千本桜見し日もありき

ガマガエルたいせつさうに手に載せて帰り来たりき六つの吾子は

「レジの人魔女だよ」ひそと子は言ひきあをく塗られし爪を怖れて

ワイパーが舌打つごとき音を立つ雨風しげき帰りの道を

大根菜飯

おとなりのあきちゃん明日から夏休み朝顔の鉢庭に置かれて

大根の葉が食べたいと思ふとき大根の葉は売られてをらず

しらす干しを見るたび胡麻を見るたびに大根菜飯があたまにうかぶ

大根の葉が食べたくて大根の種買ひにゆく　はつなつ夕べ

ワンピース脱ぎ捨つるごとく出できたり浅きみどりの蝶のからだが

ひつたりと畳まれありし黄揚羽の羽根ひらくまでの百四十秒

新聞紙に苦瓜八本包み持ちコミュニティセンターの歌会にゆく

有沢螢を知つてゐるかと新聞の切り抜きを友は見せつつ語る

そんな馬鹿なと夫は言ふが「オカーサン」と猫がわたしを起こしてくれつ

おみやげの栞は津軽のこぎん刺し短歌に使へとまごのくれたり

「ねえばあば、紗彩が免許をとるころはもう死んでるの」九歳が聞く

運転免許とつたら乗せてくれると言ふ児《こ》を助手席に走る夏の日

コロナの日々二年目

七十歳《ななじふ》を過ぎしころより歳月は駆け足となり七度目の秋

種無しの柿より出でし種ひとつ捨てがたくしてポケットの中

庭すみに遅れて植ゑし苗ひとつ六十二本の胡瓜を生みぬ

枝先にみつよつの花のこすのみ野分のあとの萩のしづけさ

すだきゐし虫もいのちを急ぐらむ秋がこんなに短くなりて

老齢の婦人ふたりがあづまやに北上夜曲をひくく歌へる

父よ母よこの世はきのこのあたり年　共に行きたし故郷の山へ

ひと群れの栗風船茸をみつけたり「木の葉かぶり」と父は言ひにき

どんぐりが風のつぶてのやうに降る小楢林の小径をゆけば

だみ声をあげて飛び立つ大鴉さくらもみぢがわが肩に降る

四阿に津軽三味線さらふ人このごろをらず秋深みゆく

風呂掃除終へてしばらく窓の外《と》の秋明菊を眺めてゐたり

手花火のやうに八つ手の花咲きてコロナ二年目の秋を逝かしむ

かぎしっぽ

この三日わづかな水に生きる猫　落ち葉のごとき果無さを抱く

決められし場所に尿するためにゆくあすをも知れぬいのちの猫が

ゆふぐれに戻り来たれるわが声に気づきかそけく鳴きたり猫は

しばらくを膝に抱かれて声もなく痙攣三度　猫は逝きたり

朝な夕なにまつはりつきて幾たびもわれに踏まれしこのかぎしつぽ

猫の顔、そばだてしごときふたつ耳、秋明菊と紫苑をささぐ

われのみをたよりに生きて十五年　猫よこの世は愉しかりしか

在りし日のおまへのまなこを思はせて金の三日月のぼるこの夜

「おれんじ」と呼べばニャニャンと二階よりこの階段を駆け降りて来よ

ストーブの吹き出し口にかがまりて朝の点火を待ちをりし猫

もしかして猫が眠つてゐるかもと押入れのぞき見る秋の日

千　円

はるばると渡りて来たる白鳥の鳴き交はす声　涙ぐましも

裸木の小楢林のひともとの名残のもみぢに冬陽の差せり

千円を借りむと姉を訪ねしは職安帰り　神保町まで

昼休みに出で来る姉を待ちをりきすずらん通りをゆきつもどりつ

あんたは駄目ねと姉に小言をいはれつつ小倉アイスの山削りゐき

返したよ貰ってないよと諍ひき申年のわれと巳年の姉と

年の瀬の上野のホームの人の波　窓より乗せてくれし人ありき

とほき日の記憶の中にある豆腐　両手出しても載らぬ大きさ

新雪を野うさぎ撃ちにゆきし人の足あと深きふるさとの冬

きつぱりと空に訣別するごとく船形連峰雪かぶる朝

あの鉄塔を三本ばかり薙ぎはらひながめたきかな雪の連山

戦争と幼児虐待のテレビよりのがれて雪の梅に真向ふ

キッチンでママがミルクを作っててあなたはばあばに抱かれてゐたの

この春にまごは中学生になるあの大震災の春に生まれて

小さなグミの木

職を得て人形問屋の「事務見習ひ」にあれは十五歳《じふご》の春のことです

歩きつつ本読む特技を持ちをれど活かせなかりし浅草の街

糸買ひに厩橋までおつかひにゆきしことあり都電通りを

浅草の「ほほづき市」のなつかしや夜学にむかふ道のにぎはひ

真夜更けてひとり茶の間に爪を切るもうふた親はこの世にをらぬ

道端になにをつつくか土鳩をりくいと振り向くちかづくわれを

ウクライナの若者たちが春の野に「小さなグミの木」うたふ日よ来よ

空をゆく雲のすべてに「戦争はすぐにやめろ」と書きたい春だ

封鎖され地下にひそめる親と子をおもふ思へどどうにもならぬ

をさな子が泣きじゃくりつつ戦争でパパが死ぬかもしれないと言ふ

子のいのち奪はれし母を思ひつつ濡れ甘納豆つぶつぶと喰ふ

大葉擬宝珠

窓の辺に立ちたるままになにおもふ庭の朝顔見てゐる夫は

俺はいま何をしようと思つたと聞かれてわかる妻にはあらず

日ざかりを日傘の影にまもられて耳栓買ひに百均へゆく

をさな子四人連れて引揚げし母おもふ炎天の道歩みゆくとき

咸鏡南道端川郡北斗面わが生まれし地の読み方知らず

開墾に汗みどろなりしちちははよ七千八歩にわれは汗だく

うすむらさきの大葉擬宝珠の花咲けばゆかた姿の母浮かび来る

昔のことを思へばいつも涙出ておのれの歳をおもひ知るかな

ひそやかに咲きて終はりし鳴子百合二本ありたりつつじのかげに

庭に紫苑の花咲くころか十歳の孫がわたしの背丈を越すは

三年ぶり

三月の二十七日すみれ咲き「短歌人」四月号ポストにとどく

木はどれも黙つて立つてゐるけれど芽吹きのときをちやんと知つてる

玄関にスマホわすれし春の日のだあれも知らないわたしの歩数

「ちかてつのまどがとんでく」お散歩の保育園児が指さしさけぶ

しやがみこみマンホールに耳かたむけてなにか聞いてるをさな子をりぬ

大いなる蟹の腕持つ重機来て町の医院の跡形もなし

峡をゆくＳＬ銀河の汽笛の音わかばの山にながく木霊す

居酒屋銀平、軒の提灯ともされてすこしはなやぐ町を帰り来

見切られて棚に並べる無花果のジャムふたつ買ふふるさと産の

はつなつの青葉の道をやって来る三年ぶりの子供神輿が

あとがき

私が短歌作りをはじめたきっかけは、仙台文学館の「小池光短歌講座」を受講したことでした。その講座がどんな内容なのか、講師の小池光先生とはどのような方なのか、全く何の知識もなく、友人に誘われるまま受講したのは六十三歳のときでした。行ってみると先生のお話はとてもわかりやすく、笑ったり頷いたりのなんだか愉快な二時間で、すぐに次回も申し込まなければと思いました。

何度目かの講座のときに先生が「同じことを言うのに難しい言葉と易しい言葉があったら、迷わず易しい言葉を選びなさい」と言われ、そうか、それならわたしにもできるかもしれない、このまま短歌を続けてみようとそのとき初めて思ったのです。

しかし、そうはいってもちっとも上達しない自分の歌に失望することしばしばで、やめてしまおうかとしばらく講座を休んだこともありました。そんなときに仙台文学館から一通の封書が届きました。封書の中には二〇一一年度の短歌講座が終わり、記録集を発行するので私の一首も載せることの諾否を問う紙と、印刷物が一枚入っていました。読んで見るとその拙い短歌に小池光先生が二分の一頁あまり評を書かれて、その四句目を入れ替えることが実践問題となっていたのです。

大津波にも流せなかったものふたつ人の絆と蒲生の干潟

そのときの歌です。私はこの課題を自分への宿題としてまた短歌講座に通い始めました。未熟な私は未だにこの四句目にぴたりとはまる言葉を見つけられずにいますが、幸いにもその後たくさんの歌仲間に出会うことができ、近くで開かれていた歌会の仲間に入れて頂くこともできたり、また、六年ほどをカルチャー教室に通い、桜井千恵子氏の教えを受けることもできました。そして、二〇一六年二月には短歌人会に入会し小池光氏に選をお願いし、四年の間添削のご指導も頂き、今日に至っております。

私にとって短歌を作るということは、過ぎ去った日々、今ある日々と真摯に向き合うことでした。そして今更ながら両親あって、兄姉あっての自分であることにつくづく思いが至りました。

私が父母と共に暮らしたのは中学校を卒業するまでの十五年間だけです。そして兄姉と共に暮らしたのはもっと短い年月でした。一九四四（昭和十九）年十二月に現在の北朝鮮で生まれた私は、終戦のとき未だ八ヵ月の乳飲児で、父は兵として戦地にあり、母は九歳をかしらに四人の幼子を連れて引揚げ者となったのです。そのとき三十歳だった母の、わが兄姉のその苦難を思えば、私が今日ここにあることすら奇跡のようにも思われます。

貧しかったけれど、暮らしの中で木や草や花の名を教えてくれた父と母。蔵王の麓の開拓地の自然の中で親兄弟と共に暮らした日々が、一番心豊かな日々であったと気づいたことも、短歌を作るようになってからのことでした。両親はすでに亡くなりましたが、引揚げの時も、その後も父母の助けとなった二人の兄、姉そして後に生まれた弟が健やかにあることに感謝を込めてこの歌集『顔あげて』をまとめられたことを心から嬉しく思います。

顔あげて雨にうたるる山法師　父の愛した花が咲いてる

この歌は短歌をはじめて間もないころに作った拙い歌ですが、思うところがあり歌集題はこの歌からとりました。

作った時期は前後しておりますが、短歌を始めてから十六年の間の歌の中から、三三〇首を選び小題に沿う形に並べました。

選歌は小池光氏にお願いしました。ご多忙にもかかわらず快くお引き受け頂きましたこと、文学館の短歌講座に、そして短歌人会の選者として長きにわたりご指導頂きましたこと、また帯文を頂戴しましたこと、心よりの感謝と御礼を申し上げます。

歌集を纏めるにあたって何度も躊躇していた私を厳しく励まし、背中を押してくださった桜井千恵子氏にも御礼を申し上げます。

いつも気にかけて相談に乗ってくださった「短歌人会」の友人のみなさま、「いづみ短歌会」の仲間のみなさんにも感謝と御礼を言いたいと思います。

これからも日常に見たこと、思ったこと、知りえたこと、昔のこといまのこと、心に留めて歌にしてゆこうと思っております

六花書林の宇田川寛之さんには、全くの初心者の私を出版まで適切な助言で導いて頂きました。深く感謝申し上げます。

二〇二四年三月

古川陽子

顔あげて

2024年６月12日 初版発行

著 者――古 川 陽 子
〒981-8001
宮城県仙台市泉区南光台東１－44－13

発行者――宇田川寛之

発行所――六花書林
〒170-0005
東京都豊島区南大塚３－24－10 マリノホームズ１A
電 話 03-5949-6307
FAX 03-6912-7595

発売――開発社
〒103-0023
東京都中央区日本橋本町１－４－９ フォーラム日本橋８階
電 話 03-5205-0211
FAX 03-5205-2516

印刷――相良整版印刷

製本――仲佐製本

定価はカバーに表示してあります
ISBN978-4-910181-67-7 C0092